# HAÏTI & SA PREMIÈRE EXPOSITION

---

# LA STATUE DE VICTOR HUGO

---

**CONFÉRENCES FAITES A PORT-AU-PRINCE (Haïti).**

PAR

SOLON MÉNOS,

DOCTEUR EN DROIT DE LA FACULTÉ DE PARIS.

**PARIS**

A. COTILLON & Cie, IMPRIMEURS-ÉDITEURS,

*Libraires du Conseil d'État et de la Société de législation comparée,*

24, RUE SOUFFLOT, 24.

1882

# HAÏTI & SA PREMIÈRE EXPOSITION

# LA STATUE DE VICTOR HUGO

CONFÉRENCES FAITES A PORT-AU-PRINCE (Haïti).

PAR

SOLON MÉNOS,
DOCTEUR EN DROIT DE LA FACULTÉ DE PARIS.

PARIS
A. COTILLON & Cie, IMPRIMEURS-ÉDITEURS,
*Libraires du Conseil d'État et de la Société de législation comparée,*
24, RUE SOUFFLOT, 24.

1882

DU MÊME AUTEUR :

---

De la séparation des patrimoines.

---

*PROCHAINEMENT:*

Des enfants naturels. — Législation comparée.
2 vol. in-8.

# HAÏTI ET SA PREMIÈRE EXPOSITION

**Conférence faite, le 27 octobre 1881, au Palais de l'Exposition de Port-au-Prince.**

Mesdames et Messieurs,

Au milieu d'une mer souvent calme, toujours grandiose, s'élève une île qu'on pourrait comparer à une pieuvre démesurée, à la voir allonger et, pour ainsi dire, détirer ses nombreux promontoires, comme autant de tentacules énormes.

Cette île, également célèbre par son site, par sa végétation et par sa fertilité, est à ce point ravissante, merveilleuse, étonnante, qu'elle en arrive à embellir et à rajeunir les images parfois si vieilles et si démodées qui servent à la décrire. De même qu'on voit des mères aimer si follement leurs enfants que, ne trouvant pas de mots assez mieilleux, assez caressants, pour manifester leur bonheur et leur tendresse, elles ont recours à des épithètes réputées injurieuses, mais qui acquièrent dans leur bouche une signification adorable et se transforment en suaves antiphrases; de même, devant la beauté en quelque sorte expansive de cette île, la pensée hésite et la parole vacille tant l'esprit éprouve d'éblouissements; et l'on est réduit à employer les expressions les plus rebattues, pour dire une verdure toujours renouvelée et toujours ininterrompue.

Aussi ne m'aventurerai-je pas dans une description qui n'aurait ni l'attrait de la nouveauté, ni le cachet de l'originalité, ni même le mérite de l'intérêt. Je ne veux pas vous laisser croire un seul instant que j'ai découvert l'île dont je vous parle, comme Alexandre Dumas père a découvert la Méditerranée.

Et puis, je craindrais que la peinture, même insuffisante, de ses pittoresques atours, de ses grâces infinies, de ses charmes irrésistibles, de ses richesses inépuisables n'excitât la curiosité de certaines personnes qui ne pourraient peut-être résister au désir de voir de près ce paradis, d'ailleurs authentique. Et voyez quel serait mon embarras, si j'étais obligé de leur crier : « Bonnes âmes, ne vous pressez pas trop ! Le pays que vous cherchez, vous l'habitez. »

Oui, c'est bien Haïti, c'est l'île magnifique où toute la nature apparaît pleine à la fois d'une sérénité majestueuse et d'une splendide exubérance; l'île que la mer a, dirait-on, posée sur son front, comme sa plus chère couronne; l'île où le ciel semble se pencher sur les montagnes dans un entretien surhumain, alors que la nuit en éveil ouvre ses yeux innombrables et resplendissants pour contempler la quiétude du monde ; l'île où les chaînes de montagnes elles-mêmes, comme si elles tressaillaient vaguement sous le regard de la lune, rappellent, — en grand, bien entendu, — ces folâtres fillettes qui, le soir, se tiennent par la main, prêtes à danser en rond avec des chants naïvement amoureux.

— Au temps de mon séjour dans la ville que les hommes inspirés de notre époque appellent la Babylone moderne, mais que les géographes les plus renommés et les voyageurs les plus véridiques désignent par ce simple mot : Paris ; au temps donc de mon séjour à Paris, je passais assez souvent dans la rue des Saints-Pères, quand je m'acheminais vers la rive droite de la Seine, poussé soit par une fantaisie, soit par cette chose que Virgile nomme *auri sacra fames*, mot à mot, *la sacrée faim de l'or*, en bon français, le sentiment de la réalité. Or, dans cette rue des Saints-Pères, en face de l'Académie de Médecine, se trouve une fabrique de chocolat, fondée, si je ne me trompe, ou si l'enseigne ne me trompe, en l'année 1720.

Vous vous demandez sans doute ce que vient faire une chocolaterie, et une chocolaterie de

Paris, dans une conférence sur un sujet d'intérêt national, alors que d'ailleurs, si je tiens, coûte que coûte, à disserter sur les chocolats, j'ai sous les yeux ou plutôt dans le souvenir ceux de la ville de Jérémie. Rassurez-vous et soyez tout d'abord persuadés que je n'ai le dessein de faire aucune réclame à la fabrique de la rue des Saints-Pères, surtout au détriment de la production indigène.

Je ne crois pas même avoir jamais goûté de ses produits. Si j'en parle, c'est à cause de cette devise inscrite à la devanture de l'établissement : *utile dulci.*

Ces mots latins, empruntés à un vers d'Horace pour indiquer d'une manière ingénieuse aux passants l'utilité et l'agrément du chocolat, me reviennent souvent à la pensée, depuis mon retour en Haïti.

Dans notre pays en effet, *l'utile* est représenté par de nombreux spécimens. Quelle variété ! Quelle abondance ! Un autre se risquera, s'il l'ose, dans une énumération qui promet (ou qui menace) d'être longue ; pour moi, je m'en garderai bien, de peur de faire des oublis et, par suite, des jaloux.

Quand au *doux*, il foisonne, car s'il ne nous tombe pas dans la bouche des alouettes rôties, du moins que de fruits savoureux, rafraîchissants, exquis, délicieux, nous tombent tout mûrs dans les mains ! Oui tout est doux (dans les divers sens du mot); mangots, sapotilles, ananas, pêches, raisins, chants d'oiseaux, soupirs de la brise dans les branches, tout est doux : doux à l'œil, doux au toucher, doux à l'ouïe, doux au goût.

Vous pouvez remarquer que dans cette nomenclature j'ai omis bien des choses et surtout bien des personnes; mais ce rapide aperçu ne suffit-il pas pour vous faire voir combien la devise que j'ai rapportée s'applique merveilleusement à notre île ?

C'est pourquoi je demande que, le jour où l'on voudra faire la statue d'Haïti, on grave les mots *utile dulci* sur sa couronne de feuillages sculptés. Non pas que je préconise l'institution des statues; j'en ai vu en France une épidémie, et, sans être le ciel, je voudrais en préserver mon pays. Car il paraît que les statues sont comme les galons : dès qu'on en dresse, on n'en saurait trop dresser. Et nous verrions peut-être des guerres civiles suscitées par tel maniaque dont on aurait refusé d'ériger au milieu d'une place publique l'image immobile sur un cheval de bronze qui se serait cabré pour longtemps.

— Mesdames et Messieurs, d'où vient que, malgré toutes ces splendeurs, malgré toute la fécondité de cette terre, l'on rencontre en ce moment partout la gêne, partout même la misère ? C'est que, pour me servir d'un mot de lord Byron, ici, tout est divin, excepté l'esprit de l'homme.

L'homme brouille, querelle, corrompt, détruit, tue, besogne légère à qui y est habitué, et qui demande beaucoup de haine et peu de patriotisme. Ainsi, dissensions intestines, insécurité, instabilité et, en dernière analyse, dégoût du travail et penchant à la dilapidation : voilà les causes de l'anéantissement des fortunes particulières et du naufrage de la richesse sociale ; voilà les causes de la gêne qu'on ne cesse de signaler de tous les points de la République.

Nous sommes punis par où nous avons péché et continuons encore à pécher : à nous faire les uns aux autres des misères, nous avons prêté le flanc à la misère ; à semer sans cesse la discorde, nous recueillons plus de cailloux que de graines de café ; l'esprit de solidarité s'est envolé de chez nous, le crédit l'a naturellement suivi. Nous avons perdu l'habitude du travail : nous nous tordons, en conséquence, dans les étreintes de la nécessité.

Et cependant le travail est notre suprême ressource. C'est pour employer le langage de l'économie politique, l'un des trois facteurs de la richesse. Des deux autres facteurs, les agents naturels ne sont pas près de nous manquer : ce sont les hommes, au contraire, qui leur manquent. Que de fois n'avons-nous pas entendu et n'avons-nous pas dit nous-mêmes que l'agriculture dépérit faute de bras? Cela n'est pas nouveau, c'est un refrain bien connu et pourtant trop exact, en vérité!

Oui, les enfants naturels, pardon! les agents naturels abondent en Haïti : la terre réclame nos soins; la forêt nous tend ses arbres; le vent cherche des ailes de moulin qu'il puisse tourner en se jouant; les vagues s'élèvent comme pour voir au loin si des navires leur arrivent, et le soleil lui-même, ce soleil qu'on est parfois tenté de condamner à l'époque de la canicule, mais qui est, au fond, un charmant astre, le soleil nous offre les principes vivificateurs qu'il entretient dans l'atmosphère.

Pourquoi cette attente perpétuelle et vaine de la nature? C'est parce que le facteur-capital a jusqu'ici fait défaut. Et il n'en pouvait être autrement, reconnaissons-le.

En effet, il y a action réflexe, réciproque, du travail sur le capital et du capital sur le travail. Le capital est, d'après la définition communément adoptée par les économistes, toute valeur épargnée et appliquée à la production.

Cela étant établi, comment donc y aurait-il épargne, c'est-à-dire capital, s'il y a obstacle incessant à la marche du travail? Et c'est ce qui arrive quand la tranquillité est compromise, quand les citoyens sont agités, quand les esprits sont inquiets et peu sûrs de l'avenir, quand une fortune amassée à grand'peine peut en peu de temps se dissiper dans la fumée des incendies ou des coups de fusils.

D'un autre côté, le travail sérieux, soutenu, n'est pas possible sans le capital, pas plus sans le capital-argent que sans le capital-machine ou le capital-matières premières. Si le crédit s'en va, si le capital se retire, le découragement arrive, le travail languit, se traîne et finit par mourir véritablement d'inanition.

Pas d'argent, pas de Suisse : pas de capital, pas de travail.

Que faut-il alors pour ramener le crédit, par suite, le capital, par suite, le travail? La sécurité ! Et la sécurité ne tardera pas à avoir pour corollaires, d'une part, l'établissement d'institutions de crédit, et, d'autre part un redoublement d'activité, une émulation généreuse et constante, la création de fréquents concours régionaux et, finalement, l'affectation spéciale d'un édifice à ce que nous pouvons appeler l'apothéose du travail.

Oui l'Exposition est la conséquence naturelle de la confiance qui renaît, du capital qui revient, du travail qui refleurit. L'Exposition est l'intronisation des luttes pacifiques, c'est donc un coup décisif et mortel, tôt ou tard, porté aux luttes sanglantes entre les citoyens, aux luttes insensées, antipatriotiques, nées d'une ambition malsaine et d'une cupidité imprudente.

— Je ne vous ferai pas un exposé ni même un relevé des diverses expositions qui ont eu lieu chez les principales nations du globe. Ce serait trop long, et, à parler sincèrement, je n'ai pu recueillir des données étendues et complètes sur la plupart de ces expositions.

Ici j'ouvre une parenthèse pour attirer l'attention des grands corps de l'État sur l'utilité, ou mieux, sur la nécessité d'une bibliothèque publique où chacun puisse apprendre, se renseigner, se ressouvenir. La lecture, elle aussi, peut fortement contribuer à nous mener au but auquel nous tendons : c'est une puissante diversion à la discorde. La lecture nous force à méditer, par conséquent à rester calmes ; c'est, en quelque sorte, une soupape de sûreté contre les explosions civiles, contre les bouillonnements de la passion. Le développement de l'intelligence laisse peu d'accès aux mésintelligences.

Le théâtre également est un grand dérivatif. Certes, nous devons aide et protection au théâtre, cette espèce de père nourricier du goût, et nous devons éviter de donner raison à cette boutade de l'homme le plus spirituel de nos jours : « Il est vrai, s'écrie l'auteur des *Français de la décadence*, en faisant allusion à la solitude absolue qui régnait à un théâtre de Paris, il est vrai que ces banquettes ne produisent guère que des champignons, mais le jour où l'agriculture sera sérieusement encouragée, rien ne s'opposera à ce qu'on fasse pousser quelques cerisiers au milieu de l'orchestre. »

Non! quoi qu'il nous faille encourager l'agriculture d'une manière particulière, il ne convient pas néanmoins qu'elle s'introduise à notre théâtre national. Vous savez que les auteurs ne manquent pas (ce n'est pas comme les bras à l'agriculture), car, suivant la prédiction de Chancy, dès que la brèche a été faite, beaucoup sont arrivés le manuscrit à la main — et des vers à la bouche.

Que les membres des pouvoirs législatif et exécutif nous fassent donc l'aumône d'une bibliothèque et d'une bonne scène; le peuple le leur rendra, non pas au ciel, mais en les maintenant dans ses faveurs, ce qui est déjà quelque chose.

Pour moi, si j'avais pu me procurer tous les renseignements voulus, j'eusse, dans une conférence sinon intéressante, du moins instructive, fait le tableau synoptique des expositions les plus dignes de mémoire. Je vous aurais, sans crainte d'être sommé de passer au déluge, montré Ptolémée Philométor donnant, au dire d'Athénée, une fête grandiose, rehaussée par l'exposition des articles de commerce les plus riches et les plus merveilleux.

Ensuite, sautant d'un bond jusqu'au moyen-âge, je vous aurais fait découvrir dans les foires périodiques de cette époque un embryon d'exposition, comme on reconnaît dans le chariot de Thespis un commencement de théâtre.

Mais arrivons tout de suite aux expositions modernes, et laissant de côté les autres pays, tenons-nous en à la France. Car cette contrée est comme un aimant qui nous attire toujours; à elle sont toutes nos sympathies; il semble qu'un cordon volontaire rattache notre île à ce continent, (j'allais dire : « ainsi qu'un fœtus à sa mère », mais ce ne serait pas exact — ethniquement).

Et puis, comment ne pas rendre hommage au pays qui, après avoir produit Voltaire, a eu encore la force nécessaire pour enfanter Victor Hugo, l'homme-dieu de la poésie, ce génie qui a écrit : « Si la France avait encore Haïti, de même que je dis à l'Espagne : rendez Cuba! je dirais à la France : rends Haïti! »

Bornons donc à la France notre esquisse des expositions étrangères. D'ailleurs, cet honneur lui revient de droit, puisque la première exposition véritable s'est accomplie chez elle.

Ce fut en l'an VI de la République française, autrement dit, en l'année 1798 de l'ère chrétienne.

1798, c'est déjà assez loin de nous, et il n'y a pas ici une dame qui ne puisse affirmer, sans aucun esprit de coquetterie, qu'elle n'était pas alors née.

En ce temps-là, la France venait à peine de sortir d'une crise épouvantable et sans égale, pendant laquelle la guerre civile avait fait, pour ainsi dire, chorus à l'invasion étrangère, et la bruit sourd du canon avait alterné avec le bruit sec du couperet de la guillotine. Les grands révolutionnaires avaient tous été s'assurer si le doute touchant une autre vie était, oui ou non, hors de doute; seuls subsistaient ceux des conventionnels qui s'étaient dissimulés dans l'ombre de ces géants. On venait de voir la misère la plus hideuse, la dépréciation la plus complète de la monnaie, la banqueroute la plus effroyable, car, si Catilina ne s'était pas présenté aux portes de Paris, du moins la famine et la désorganisation avaient régné dans ses murs.

(Malgré toutes nos ruines, malgré toutes nos catastrophes, aucune période de notre histoire n'est comparable à ces temps sombres, pas même les années 1868 à 1872 : si, en effet, en 1869, une caisse de savons se vendait ici plus de 5000 gourdes, à Paris, en 1793, une paire de souliers était payée 6000 francs; si, en 1872, lors de l'opération du retrait, on échangeait 300 gourdes contre une piastre, en 1796, 100 livres en assignats ne valaient que 30 centimes de monnaie métallique).

On venait donc de voir ce qu'il avait fallu d'efforts, de douleurs, de convulsions, d'agonies même pour mettre aux deux Mondes la Révolution française ; et l'on eût pu, en manière d'épiphonème, crier ce vers de Virgile, en y faisant une variante :

« *Tanta molis erat* HUMANAM *condere gentem!* »
« Tant dût coûter de peine,
La rénovation de la famille humaine! »

Car, ainsi qu'on l'a souvent répété, ce n'était pas seulement la France qu'avait vivifiée la Déclaration des droits de l'homme, c'était l'univers civilisé.

Le souvenir de ces secousses eût pu jeter l'hésitation, l'incertitude dans l'esprit de ceux qui avaient conçu l'idée d'une exposition nationale; mais il y avait à la tête de la République des hommes remarquables et tenaces qui voulaient à tout prix lutter contre l'industrie anglaise.

De ce nombre était François de Neufchâteau, le même qui devait plus tard remarquer le lever triomphal de Victor Hugo. C'est lui qui écrivit : « Nos manufactures sont les arsenaux d'où doivent sortir les armes les plus funestes à la puissance britannique. »

Calcul plein de justesse, les événements ayant prouvé que l'Angleterre était forte et redoutable principalement par son industrie et son commerce, lesquels étaient donc ses deux points sensibles. Voyez plutôt : de 1792 à 1802, le capital de la dette anglaise s'éleva de 6 milliards à 13 milliards 500 millions de francs, et les intérêts, de 236 millions à 507 millions de francs. En 1815, le capital était de 21 milliards 525 millions, et les intérêts, de 816 millions de francs. Eh bien ! en dépit de cet accroissement énorme de sa dette, l'Angleterre était, en 1815 plus prospère qu'en 1792, grâce aux inventions mécaniques de Watt, de Heargraves et d'Arkwright.

Cependant la réalité ne répondait pas entièrement à ces espérances de François de Neufchâteau, espérances quelque peu entachées d'un esprit belliqueux, et une certaine dose de déception restait au fond de cette fête, comme la lie au fond d'un verre. L'exposition de septembre 1798 ne réunit que 110 exposants et ne dura que treize jours.

C'est que, de tout temps, les idées neuves ont été comme la monnaie fiduciaire que le public accepte au commencement avec répugnance, mais dans la suite avec empressement et faveur même, les gouailleurs devenant les engoués.

Je relisais, il y a quatre jours encore, dans les *Profils et Grimaces* d'Auguste Vacquerie, cette pensée si spirituelle : « Il en est de l'esprit comme du corps : les bottes neuves gênent le pied, les idées neuves gênent l'intelligence. »

Les idées neuves font, en général, une espèce de stage, ou, si vous préférez, de quarantaine; pareilles en cela aux enfants qu'on ne laisse pas marcher tout seuls dans les rues, elles ne peuvent circuler dans tous les esprits avant qu'elles ne soient, en quelque sorte, pubères, et il semble que leur maturité soit une condition de leur fécondité.

Les idées neuves sont le contraire des médailles : leurs *revers* sont ce qu'on aperçoit avant tout ; ce n'est que plus tard qu'on apprécie leur mérite.

Toutefois, l'institution des expositions ne fut pas longtemps méconnue, car la seconde exposition qui eut lieu sous le Consulat, en 1801, vit affluer 220 exposants, juste le double de ceux qui avaient concouru à la première.

Dans toutes les expositions qui se sont, depuis lors, succédé, le nombre des exposants a été en augmentant. Par exemple, je trouve le relevé suivant dans un article de M. Wolowski sur cette matière. De 1798 à 1849, il y a eu en France onze expositions. Voici la somme des exposants pour chacune d'elles :

|  | | |  | |
|---|---|---|---|---|
| Année | 1798 | — | Exposants....... | 110 |
| — | 1801 | | — | 220 |
| — | 1802 | | — | 540 |
| — | 1806 | | — | 1422 |
| — | 1819 | | — | 1662 |
| — | 1823 | | — | 1648 |
| — | 1827 | | — | 1795 |

| | | | |
|---|---|---|---|
| Année 1834 | — Exposants........ | | 2447 |
| — | 1839 | — | 3381 |
| — | 1844 | — | 3963 |
| — | 1849 | — | 4532 |

Vous voyez que, excepté en 1823, la progression du chiffre des exposants a été continue et sensible. Entre le chiffre de l'année 1798 et celui de l'année 1849, il y a une proportion de 1 à 41.

Je me suis arrêté à l'année 1849, parceque, depuis, l'attention s'est portée principalement sur les expositions universelles, dont l'ère a été ouverte en 1851, au Palais de Cristal de Londres et s'est poursuivie successivement aux États-Unis en 1853 et en 1876, et à Paris, en 1855, en 1867 et en 1878. La description de ces immenses jeux olympiques d'un nouveau genre, auxquels ont accouru, pour une lutte olympienne, presque tous les peuples du globe, n'entre pas dans le cadre de ma conférence, qui a simplement trait aux expositions nationales et non pas internationales.

Nous ne devons guère avoir l'espérance de voir jamais ces dernières s'implanter chez nous; et il y a à cela plusieurs causes : notre éloignement des grands centres, l'insuffisance de nos ressources, l'infimité de notre puissance, la limitation de notre production et particulièrement notre manque d'initiative, car, il faut l'avouer, notre faculté la plus remarquable, notre faculté prédominante est la faculté d'assimilation. Nous nous assimilons les lois et les idées françaises aussi facilement que les conserves alimentaires des États-Unis; mais quant à l'esprit de création, quant à l'esprit de découverte, va-t-en voir s'il vient, Jean.

A vrai dire, il n'y a là rien d'extraordinaire. En effet, les révolutions nous ont fait une situation très précaire : la pauvreté qui est la compagne empressée et soumise du dieu Mars et dont on devrait rappeler les traits sur tous les étendards de toutes les guerres, la pauvreté s'est abattue sur nous et nous permet à peine de vivre au jour le jour, enfouissant, en conséquence, les aspirations de l'esprit sous les préoccupations de l'estomac.

Les intérêts matériels étouffent en nous les conceptions intellectuelles. Cela saute bien aux yeux, puisque nous avons plus tôt reconnu l'utilité d'une exposition que d'une bibliothèque.

Au reste, qui sait si celle-là n'amènera pas celle-ci? Qui sait même si la salle où nous sommes ne sera pas aménagée un jour en salle de bibliothèque? Car l'exposition, étant le souverain stimulant de la production, l'est, par voie de conséquence, également de la richesse, de la richesse sans laquelle l'homme ne saurait se nourrir ni de pain ni de la parole scientifique.

Pour reprendre le fil de mon sujet, je dis que

la seule Exposition universelle que nous pourrions, dans un avenir encore éloigné, réunir dans cette ville, c'est l'exposition des produits de toutes les Antilles. Néanmoins ce ne sera que pour le jour où Haïti aura mérité le titre de reine des Antilles par une activité persévérante et intelligente. Vous concevez qu'il dépend de nous de hâter le plus possible l'arrivée de ce jour, l'un des plus beaux, à coup sûr, de la vie d'un peuple.

— Je vous signalais, il y a un instant, la distance parcourue en France, en cinquante années, dans ce que j'appellerai le stade du travail. Du tableau que j'ai mis sous vos yeux vous avez pu tirer la conclusion fatale ou plutôt heureusement inévitable, à savoir que l'Exposition est l'un des auxiliaires les plus sûrs et les plus énergiques du travail. C'est ce qu'on pourrait, dans un langage dont je ne garantis pas la pureté, nommer un pousse-travail. Et même si j'osais ajouter à la classification de la science économique, en m'affranchissant des principes sur lesquels cette classification est fondée, je ne serais pas loin de qualifier l'Exposition de quatrième facteur de la richesse. Voyez ce concours de citoyens venus des plus petites localités pour considérer, déterminer, apprécier l'état de la production nationale. Voyez l'animation qu'offre le champ de Mars (ou mieux, quoique plus vulgairement, la *Savane*, car je ne saurais associer un nom qui signifie *guerre* à une plaine dominée par un bâtiment qui signifie *paix*). Voyez la foule qui, chaque jour, se presse ici, curieuse, attentive, examinant avec soin les produits exposés, admirant quelques-uns, louant la plupart, bienveillante pour tous. Voyez ces exposants infatigables, anxieux, empressés, fiévreux, cherchant dans la bouche et les yeux du public un éloge avant-coureur de celui du jury des récompenses. Et, puisqu'il faut juger des causes par leurs moindres effets, voyez dans les buvettes élevées auprès de ce palais et qui certes ne tiennent pas à en interdire l'entrée, voyez l'impulsion, — dirai-je inusitée? — donnée à la consommation. Voyez en dernier lieu la commission de l'Exposition observant, scrutant, recueillant des renseignements, provoquant des comparaisons entre des produits similaires, pour ensuite, dans un rapport final, ouvrir des avis sur la nature et la qualité de chaque objet exposé et indiquer la possibilité, — et peut-être des procédés, — de perfectionnement. Et dites-moi quelle source de bien-être ce premier effort ne fera pas jaillir dans l'avenir.

Ecoutez ce que faisait remarquer en 1855 un homme dont le nom est d'ailleurs célèbre dans les annales de la gaieté : « Les expositions, écrivait le prince Napoléon, collections d'expériences et de faits, ouvrent la voie aux perfectionnements. Que de difficultés réputées inextricables avant elles paraissent devoir être levées! Que de questions déclarées insolubles sont sur le point de se dénouer! Que d'idées dont l'application soulevait des doutes sont sur la voie d'une sérieuse réalisation! »

Mesdames et Messieurs, j'ai eu le plaisir de visiter à plusieurs reprises la magnifique Exposition universelle de 1878, à Paris. J'y ai vu réunis les articles de luxe les plus merveilleux et les étoffes les plus simples; les machines les plus compliquées et les outils les plus élémentaires; des diamants d'une valeur inestimable, et des strass d'un prix insignifiant; ici, des glaces grandioses, là, des miroirs de dix sous; ici, les objets les plus économiques; là, les richesses les plus inouies; ici, des œuvres d'artistes illustres; là, des ouvrages d'artisans obscurs; enfin toutes les choses connues et... beaucoup d'autres encore; tout ce qu'on peut imaginer de plus utile, de plus fastueux, de plus beau, de plus précieux, de plus admirable, de plus étonnant. En un mot, une sorte de Babel à savante confusion, une accumulation sans pêle-mêle des spécimens de toutes les industries et de tous les arts conçus jusqu'ici par ce génie inventif, l'homme.

Devant cette splendide féerie, devant ce panorama délicieusement complet qui s'offrait en tous sens... et à tous les sens avec une variété exquise et quelque peu raffinée, l'on se sentait pris d'un ravissement mêlé de stupéfaction, et d'un éblouissement presque vertigineux.

Et cependant à ce bonheur que respiraient tous les visiteurs s'alliait en moi une vague impression d'amertume, lorsque, après les coups d'œil d'ensemble, j'entrais dans les détails et que je portais mes regards sur le petit carré où semblait se dissimuler l'exposition des produits de la République d'Haïti. Quand je considérais l'espace si exigu et pourtant si peu rempli qu'occupait notre pays dans je ne sais quel coin de l'immense palais cosmopolite; quand, cherchant dans cette enceinte vraiment trop réservée et modeste, des objets soit de nécessité soit de haute utilité, je trouvais du rhum ou des pièces de monnaie trop vieilles pour rester en circulation, mais trop récentes pour faire la joie des antiquaires; quand je songeais dans quel panier en « torchon », mignon mais simple, l'art haïtien n'eût pas manqué de se réfugier sans l'opportune intervention d'un compatriote de talent qui avait consenti à poser sur l'emplacement à nous échu trois ou quatre sculptures, comme si elles eussent dû faire l'office de feuilles de vigne; alors j'éprouvais un sentiment indéniable de patriotique tristesse, et réfléchissant que si, dans ce rendez-vous des peuples, nous étions en arrière même des autres petites républiques de l'Amérique, la faute en était à nos constantes querelles politiques, je m'étais, dès lors, promis de conseiller en toute occasion à mes concitoyens le travail et la concorde.

Et c'est cette promesse que j'ai tenu à accomplir, en venant, ce soir, vous entretenir des bienfaits des expositions.

— Le travail, disent les uns, est un plaisir; c'est un devoir, répliquent d'autres; c'est un devoir et un plaisir, conclut un tiers-parti. Devoir *ou* plaisir ou bien devoir *et* plaisir, n'importe; quoi qu'il en soit, c'est une nécessité. Car la nature est capricieuse, étant du genre féminin; elle se lasse de donner; elle sait mettre des bornes à ses largesses.

Ceux qui sont mariés peuvent tous ou presque tous témoigner de la justesse de l'observation suivante : dans un ménage, l'homme « fait » généralement l'argent nécessaire à l'entretien commun, et la femme, des confitures. La nature, elle aussi, nous prodigue des desserts succulents sous forme de fruits de toute sorte.

Seulement, l'homme ne se nourrit pas que de desserts. (Il y a peut-être dans l'auditoire bien des êtres charmants qui pensent et pratiquent le contraire; aussi, n'ai-je parlé que de l'homme.)

Que doit-il faire alors pour se procurer une nourriture plus consistante? Il doit travailler fermement, ardemment, sans solution marquée de continuité ; il doit principalement donner à l'agriculture la meilleure part de sa pensée et de son labeur.

La terre semble crier à l'homme : « Je suis à toi, mais prends-moi. » Messieurs, donnons-nous cette petite peine, ne faisons pas souffrir la terre, ne la laissons pas en friche, ne la poussons pas à bout, car elle pourrait un jour s'endurcir et repousser nos avances. Elle qui nous dit en ce moment : Cherchez et vous trouverez, elle pourrait, comme dans d'autres pays, se refermer et nous réduire à chercher — en vain. Et qui sait si ses tremblements ne sont pas destinés à nous annoncer qu'elle est mécontente, oh ! mais très mécontente, de notre indifférence ?

La terre ne demande pas mieux que de nous ouvrir son sein ; toutefois, elle veut auparavant se payer le luxe d'épuiser ou plutôt d'éprouver nos forces. Soit ! ne la contrarions pas, résignons-nous à cette mince concession, consommons avec elle un mystique hymen et fécondons-la de notre sueur, semence subtile. Nous devons, à la vérité, être un peu raisonnables ; nous savons qu'aucune génération n'est spontanée et qu'il faut, au contraire, l'union de deux principes différents, et nous oserions espérer que la terre seule manquerait à cette loi générale, et, pour nous complaire, nous enfanterait toute chose sans culture, — j'allais dire sans douleur réciproque!

Tenez! j'avais eu, pendant un instant, l'idée de composer, en vue de cette conférence, une pièce de vers roulant sur une allégorie... aussi transparente qu'une chemise de dentelle. J'eusse décrit une jeune fille d'un minois admirablement céleste, forte quoique souple, élégante quoique plantureuse. Après lui avoir fait tailler, par ce tout-puissant alchimiste et roi des poëtes qui se nomme Phœbus-Apollon, deux yeux devant lesquels eussent pâli tous les diamants de toutes les couronnes, je lui eusse éparpillé sur le dos et même jusqu'aux talons, si vous n'y voyez pas d'inconvénients, une chevelure abondamment touffue, comme des feuillages, et tout aussi verte (car il m'eût plu d'employer une couleur qui a bien servi à teindre, si je ne me trompe, les prunelles de Thétis, mais nullement ses cheveux).

En resumé, cette jeune fille eût été l'incarnation la plus parfaite de la beauté idéale et, par dessus le marché, une riche héritière. Naturellement le tout (c'est-à-dire sa beauté et sa fortune, et si vous croyez que j'oublie quelque chose, vous l'ajouterez, je ne suis pas susceptible), le tout donc eût attiré de nombreux prétendants. Vous savez d'ailleurs que c'est un fait qui se renouvelle depuis des milliers d'années et qui continuera à se reproduire jusqu'au mois prochain, puisque la fin du monde, dit-on ou du moins prédit-on, doit arriver à cette époque.

Alors comme mon héroïne eût été infailliblement très originale et très romanesque (ce qui est de bon ton), elle eût mis à la concession de sa main une petite condition. « Alexandre, eut-elle dit à ses adorateurs, a tranché le nœud gordien; toutefois je ne vous en impose pas tant. Je le sais, autres temps, autres exercices. Cependant, s'il est vrai que j'inspire autant d'intérêt que j'en possède, je ne dois m'abandonner qu'à un homme digne de son sexe — et du mien, à un homme auquel je puisse me soumettre sans hésitation, ma faiblessse étant expliquée par sa virilité. Et bien! J'ai un corset solidement fermé et soudé, sous lequel est caché la clef de l'endroit où gisent mes trésors; celui d'entre vous qui fera sauter le corset et dévoilera ainsi ma gorge nue obtiendra cette clef — et celle de mon cœur. »

Bref, elle n'eût demandé qu'à tomber, mais à tomber avec grâce, comme les gladiateurs romains, et dans des bras qui eussent pu la soutenir.

Hélas! nos prétendants, étant par malheur de beaux messieurs sans fermeté, sans énergie aucune, eussent piteusement échoué dans leurs molles tentatives de capture, de sorte que ma pièce eut été close par ce vers destiné à déchirer tous les voiles de l'allégorie :

« Et la vierge Haïti reste encore indomptée ! »

C'était bien là mon intention. Vous voudriez sans doute me demander pourquoi je n'ai pas donné suite à mon projet et aussi pourquoi, n'y ayant pas donné suite, je viens en parler dans cette enceinte? Ce serait toute ma joie de pouvoir vous répondre, comme dans la chanson : « C'est la faute à Voltaire, c'est la faute à Rousseau ! » Seulement, il est probable que cet essai, — peu littéraire, — de justification ne prendrait que difficilement sur l'honorable assistance.

En tout cas, à défaut de l'exclamation que vous savez, je puis, sans crainte de manquer à la franchise non plus qu'à la décence, rejeter la responsabilité de l'inaccomplissement de mon dessein... sur la chaleur. Oui, cette vilaine chaleur ! elle a complètement brûlé les ailes de ma muse. Phœbus nous joue parfois de ces tours : il nous envoie une belle inspiration, puis il s'amuse à la faire fondre en projetant sur nos têtes les rayons trop ardents de son astre.

C'est que, si notre pays est un Eden, c'est du moins un Eden *tempéré* par la chaleur.

O vous tous qui avez passé à la capitale les trois derniers mois, excusez-moi donc et maudissez avec moi ce soleil qui ne m'a permis d'essayer sur vous l'effet de ma poésie. Bon ! peut-être est-ce pour cela que vous ne vous associerez pas à mon anathème ?

— Je reviens à mon sujet et je répète que le travail nous réclame. Pour nous rendre à son appel, faisons violence à nos vieilles habitudes d'apathie et d'antipathies. Je sais bien que notre climat tropical nous prédispose en même temps et à la paresse et à l'effervescence ; je sais bien que nous avons pu croire qu'il nous suffirait de transpirer, même en mangeant, pour être tout-à-fait en ordre avec ces paroles de la légende biblique : « Tu vivras à la sueur de ton front. » Mais voilà, il faut travailler sous peine de dégénérescence individuelle et de décadence nationale. Il faut sortir de notre sommeil, qui, si nous n'y prenons garde, ne tardera pas à ressembler à celui d'Epiménide, car il ne manque guère plus de quatre lustres pour éclairer le premier centenaire de notre indépendance.

Remuons-nous ! Secouons notre engourdissement ! Soutenons-nous les uns les autres; ayons cette vertu, la volonté, et ce courage, la patience. « Fondons, suivant le mot de Victor Hugo, l'ordre sur le travail et la liberté sur le devoir. » Ajoutons effort sur effort, et la sueur qui perlera à nos fronts sera la rosée bienfaisante qui rafraîchira et calmera nos esprits.

Voilà les exhortations que l'Exposition nous adresse et les enseignements qu'elle nous donne.

Vous n'attendez pas de moi que j'énumère par le menu les divers genres d'industries dont nous devons favoriser le développement. D'autres conférenciers, en restant sur le terrain spécial de l'industrie agricole, montreront comment l'État peut l'encourager tant par la création de fermes-écoles où l'enseignement agronomique serait donné à l'aise et avec fruit, que par la refonte de la loi si compliquée et si anti-économique sur les expropriations forcées. Ils vous diront avec tous les détails nécessaires le profit qu'on retirerait d'une culture plus étendue du cotonnier, car nous ne devons pas oublier que, vers 1788, la partie française de cette île exportait en moyenne 6,698,858 livres de coton, et que cette branche rapportait un intérêt de 24 0/0.

De même pour la culture de l'indigotier : en 1788, Saint-Domingue comptait 3150 indigoteries, fournissant rien que pour l'exportation 454,770 kilogrammes d'indigo.

Ils indiqueront encore la supériorité du *grage*, c'est-à-dire du moulin à décortiquer, sur les méthodes que nous avons pratiquées jusqu'ici. C'est d'ailleurs ce que le gouvernement et les Chambres ont compris en adoptant tout récemment une loi tendant à encourager la préparation du café.

En conséquence, il faut espérer que bientôt nous ne mériterons plus ces reproches que nous faisait déjà en 1859 le secrétaire de la Chambre de commerce de Bordeaux, M. Gustave Brunet : « La négligence des cultivateurs a fait tort aux cafés d'Haïti ; et, bien qu'ils aient été parfois l'objet de soins un peu plus efficaces, ils ne jouissent pas d'une grande réputation. Mieux nettoyés, ils obtiendraient un plus haut prix. »

Vous avez visité ce bâtiment, vous y avez vu de multiples échantillons du savoir-faire haïtien ; vous avez passé en revue et ce qui dénote un certain art et ce qui est l'œuvre d'un ingénieux artifice. Ainsi, en présence des imitations en cire de plusieurs fruits indigènes, que de personnes n'ont pas dû se sentir subitement en appétit et bien près de renouveler la méprise de ces oiseaux qui venaient pour becqueter des raisins peints par un Grec de génie !

Vous pouvez maintenant constater la différence qui existe entre cette Exposition et les concours annuels du 1er mai. Aujourd'hui, la question se présente sous une face plus noble et plus sérieuse, et les prix à attribuer sont plus utiles et plus dignes d'attention. Il ne s'agit plus seulement de mesurer des couronnes aux cultivateurs, suivant la longueur ou la grosseur de leurs produits ; il ne suffit plus, par exemple, de suspendre, en quelque sorte, des houes et des faux, pour qu'on paraisse les décrocher avec des cannes à sucre de 12 pieds.

Non! ces cannes de Cocagne ont fait place au café bien lavé, bien desséché, allégé des cailloux traditionnels et toujours imprégné de l'arôme habituel.

Loin de moi néanmoins l'intention malheureuse et criminelle de jeter des pierres dans les champs de cannes ; je crois, au contraire, que l'industrie sucrière doit être vivement soutenue et protégée, de telle manière qu'elle puisse revenir à son ancien état de splendeur. Je le crois d'autant plus fermement que nos plus petites voisines tirent la majeure partie de leurs revenus de cette branche de la production. Ainsi, à la Guadeloupe, il y a plus de 1600 hectares cultivés en cannes et produisant environ 18,000,000 tonnes de kilog. de sucre, tandis que 2600 hectares seulement sont plantés de caféiers.

Dans cette culture, comme dans beaucoup d'autres, notre pays occupait jadis le premier rang et eût continué à le garder sans nos tiraillements, et cela, grâce surtout à la qualité de la canne d'Haïti, laquelle est, au dire d'un Français, M. Victor Denis, plus riche en sucre, plus hâtive, d'une culture plus facile et moins exposée à souffrir des intempéries.

A ce propos, je ne puis faire mieux que de vous renvoyer au rapport si instructif de M. Laquintinie, paru dans le *Moniteur* du samedi 28 mai 1881, rapport dont une loi nouvelle a adopté en partie les conclusions.

Nous aurons donc avant longtemps plus de sucre et... si c'est possible moins de rhum. (Je demande pardon de cette espérance à certaines personnes du sexe dit fort à cause du degré des liqueurs qu'il consomme; en tout cas, le sexe que, à tort ou à raison, on nomme faible me soutiendra, puisqu'il dévore autant de sucre que de cœurs).

— Dans quelques jours, les récompenses seront distribuées.

Je n'ai pas à envisager les détails de cette opération plus difficile qu'on ne pense, et qui exige une si grande habileté et impartialité. Vous connaissez la justesse d'esprit et l'esprit de justice des membres du jury chargé de cette besogne ardue, délicate et minutieuse, et vous pouvez être assurés que leurs choix ne différeront pas de ceux qu'indique et proclame le goût public.

Aussi bien n'est-ce pas de cela que je veux parler en ce moment. Je veux vous montrer, vous faire suivre les exposants, même après la clôture de l'Exposition et alors qu'ils s'en retourneront, chacun dans sa ville ou dans sa section respective. Ils vont s'en aller, les privilégiés, les récompensés, fiers, épanouis, superbes; et les autres naturellement moins satisfaits, mais revenant avec des observations personnelles et avec les conseils salutaires du jury.

Tous se hâteront pour recommencer le plus tôt possible la lutte pacifique quoiqu'ardente, la rivalité sérieuse et laborieuse ; tous, encore qu'inégalement partagés au concours, s'en iront animés d'un égal désir de concurrence, se préparant à qui mieux mieux pour une prochaine exposition, et brûlant à l'envi, ceux-ci de rattraper les médaillés, bien plus, de les surpasser et de briller à leur tour, et ceux-là de conserver leur rang dans la légion du mérite, en remportant cette fois encore les récompenses accordées à l'activité heureuse.

En outre, combien parmi les indifférents d'aujourd'hui s'agiteront de leur côté, dans l'intention d'entrer dignement, eux aussi, dans la lice où combattent, à produits découverts, les chevaliers de l'industrie (fort différents des chevaliers d'industrie).

Cette recrudescence d'émulation, ces tournois incessants du travail, ces fécondes joutes *aratoires*, si je puis ainsi m'exprimer, à qui les devrons-nous, sinon à notre Exposition actuelle ? Et qui sait si, aux heures de lassitude, les regards ne se tourneront pas dans la direction de cet édifice, comme si sa vue eût dû avoir pour vertu de retremper les forces épuisées et de ranimer les ardeurs éteintes !

Voici donc le goût du travail provoqué, propagé, généralisé : croyez-vous que, dans cette tension de plus en plus marquée, de plus en plus complète des esprits et surtout des bras à l'œuvre industrielle et agricole, croyez-vous qu'il puisse se trouver un instant pour des pensées de désunion et de guerres intestines? Croyez-vous que ces nombreux patriotes, ces agriculteurs, ces industriels, ces commerçants voudraient prêter la main à des insurrections au bout desquelles ils rencontreraient fatalement la dévastation de leurs champs, la ruine de leurs usines, l'anéantissement de leurs fonds de commerce?

Non, ils savent, grâce à l'expérience historique, que la crainte des troubles est le commencement de la sagesse, et ils veulent avoir et garder ce commencement de sagesse. Ils veulent la paix, non pas seulement la paix matérielle, la paix dans la rue, la paix pareille à celle dont Sélim parle à Zuleika dans la *Fiancée d'Abydos:* « là où cesse le carnage, l'homme fait une solitude qu'il nomme la paix » ; non! ils veulent également la paix morale, la paix dans les esprits, la paix, c'est-à-dire l'entente définitive des intelligences, la paix, c'est-à-dire l'harmonie durable des cœurs comme des intérêts!

Assez longtemps, nous avons échangé entre nous autant de méfiances que de poignées de mains; nous avons maintenant à pratiquer la concorde avec passion et sans réticences. Et c'est à cela que nous mène l'exposition par l'amour répandu, développé du travail, et par suite, de la tranquillité. L'exposition, j'y insiste, est la consécration de la paix.

Mesdames et Messieurs, un mot pour terminer.

Lord Byron, dans un drame resté inachevé, *le Difforme transformé,* fait chanter à ses villageois le chœur suivant :

« Le printemps est de retour; la violette est partie, la première-née du soleil. Cueillez les autres fleurs, mais rappelez-vous celle qui les devança dans le sombre décembre, celle qui fut leur étoile du matin et dont la présence nous annonça l'approche des longs jours ; même au milieu des roses, n'oubliez jamais la violette, la violette virginale. »

Nous aussi nous devrons nous souvenir de cette Exposition, la première-née du travail haïtien, de celle qui aura été comme le flambeau éclairant notre marche en avant.

Nous ferons encore et souvent des expositions, nécessairement plus belles, plus riches et plus complètes, grâce à la somme des expériences de chaque jour, grâce à la maturation de l'esprit public, grâce à l'extension des connaissances populaires, grâce au développement du crédit, grâce à l'accessibilité du capital sous toutes ses formes, grâce enfin à l'utilisation de toutes les forces naturelles et sociales ; mais au milieu de ces expositions que nous apportera l'avenir, cet océan formé de l'accumulation de nos sueurs, nous songerons à celle qui a constitué notre entrée décisive dans la voie du progrès, nous songerons à l'Exposition de 1881 !

## LA STATUE DE VICTOR HUGO.

**Conférence faite, le 27 novembre 1881, au Théâtre national de Port-au-Prince.**

Mesdames et Messieurs,

Balzac disait, un jour qu'il était question de Victor Hugo dans un cercle de lettrés : « Hugo ! c'est un grand homme : n'en parlons plus. »

Depuis cette parole de l'illustre romancier, bien des révolutions de temps ou d'hommes se sont succédé ; depuis, le nom de Balzac lui-même s'est définitivement gravé dans la mémoire des humains, et son mot est devenu l'expression de la pensée de chacun.

Aujourd'hui, il ne reste plus de doute dans l'esprit de personne, l'unanimité s'est faite : le flot de l'admiration a submergé tous les dénigrements ; l'enthousiasme a gagné tous les cœurs, et, dans un élan magnifique et spontané, la plupart des nations du globe ont résolu d'élever une statue à celui qui résume tout l'Homme et tout le Génie.

Il s'agit de faire participer Haïti à ce témoignage universel, à cette expansion commune. Il s'agit de montrer que nous, non plus, nous ne saurions rester indifférents au culte de la gloire. Il y va de notre intérêt, de notre réputation, de notre amour-propre, car honorer le beau, c'est laisser voir que nous le comprenons.

C'est pourquoi aucune mission ne m'a été plus agréable que celle d'avoir eu à provoquer une souscription dans notre pays, en vue de la grande solennité qui se prépare ou plutôt qui se concentre à Paris. Je remercie mon ami Louis-Joseph Janvier de n'avoir pas douté du dévouement et de l'obstination que je mettrais à faire réussir le projet dont j'ai reçu communication le mois dernier.

J'ai été d'ailleurs facilité dans ma tâche par l'empressement de tous ceux sur le concours et l'intelligence desquels on sait pouvoir compter. Aujourd'hui même, le président du comité central de souscription a bien voulu ouvrir la soirée par un discours remarquable, élevé, et dont je n'ai plus à démontrer l'éloquence, puisque vous lui avez accordé le tribut d'admiration et les salves d'applaudissements qu'il mérite.

— Maintenant j'ai à faire l'histoire des idées, des aspirations, des luttes et des créations de Victor Hugo. Besogne immense, il est vrai, et qui demanderait plus d'une soirée et surtout une voix plus autorisée, mais j'espère que vous ne me retirerez pas votre attention, même si je ne trouvais pas le moyen de me maintenir à la hauteur du sujet et de vous intéresser autant que vous et moi le voudrions.

Quant à la vie, pour ainsi dire, personnelle du poète, elle est assez connue pour que je puisse me contenter de la raconter à grands traits.

Je ne remonterai pas jusqu'au XIII<sup>e</sup> siècle pour lui chercher des ancêtres illustres et authentiques. Il me suffira de rappeler que son père devint général et comte du roi Joseph.

Je signale ce dernier titre afin de rester dans la vérité de la biographie, mais je serais au désespoir si quelques auditeurs s'avisaient de soupçonner une intention de fétichisme dans un simple souci de l'exactitude.

Le poète lui-même est de cet avis; les parchemins n'ont jamais produit sur lui un effet bien magique, et, même dans sa jeunesse, il ne jugeait pas nécessaire de faire comme ces fils de famille qui croient avoir le droit de mener une vie végétative en se parant de la gloire de leurs aïeux. Non! il a toujours été de ceux qui pensent que l'homme doit être, avant tout, son propre auteur et son propre ouvrage.

C'est le 26 février 1802 qu'il naquit à Besançon, ville célèbre par ses fabriques d'horlogerie, comme on dit dans les dictionnaires classiques.

Je dois déclarer que, l'année dernière, cette ville, ayant pour organe son conseil municipal, a fait savoir qu'elle était célèbre aussi par la naissance de Victor Hugo dans ses murs.

A ce propos, je me souviens d'un ami parisien très-original, qui ne pouvait se consoler du développement excessif qu'a pris de nos jours l'esprit d'investigations. Au nombre des multiples inconvénients qui résultent, à son avis, de cet état de choses, il se plaisait particulièrement à me citer le défaut absolu d'incertitude sur la ville natale de Victor Hugo. « Ainsi, soupirait-il, ainsi se trouve à jamais écarté le retour d'une lutte analogue à celle des cités qui se disputaient l'honneur d'avoir été le berceau d'Homère ! »

Les personnes qui aiment les péripéties comprendront ce regret d'un parisien.... que je n'ai pas inventé, croyez-le bien.

Madame Victor Hugo a raconté avec un grand charme la venue au monde de celui dont elle devait être la compagne aimante et aimée : « il semblait hésiter à rester ; il n'avait rien de la belle mine de ses frères ; il était petit et chétif, au point que l'accoucheur déclara qu'il ne vivrait pas..... Lorsqu'on l'eût enmailloté, on le mit dans un fauteuil, où il tenait si peu de place qu'on eût pu en mettre une demi-douzaine comme lui. On appela ses frères pour le voir ; il était si mal venu et ressemblait si peu à un être humain que le gros Eugène, qui n'avait que dix-huit mois et qui parlait à peine, s'écria en l'apercevant : Oh ! la bebête ! ».

En tout cas, le nouveau-né qui tenait si peu de place dans un fauteuil est devenu l'homme qui occupe la plus grande place dans ce siècle, et ceux qui le lisent ou l'entendent ne pensent guère à pousser l'exclamation fraternelle que je viens de rapporter.

— Victor Hugo ne resta pas longtemps à Besançon ; sa mère, après un voyage à Marseille et une courte résidence en Italie, se fixa définitivement à Paris, dans ce Paris que le poète a si souvent célébré depuis, et qui, en retour, l'aime et l'admire tant.

Je ne vous entretiendrai pas de son séjour aux Feuillantines. Je ne vous apprendrais rien du tout là-dessus, car vous n'avez sûrement pas oublié les beaux vers où il retrace avec une touchante émotion cette partie de son enfance, passée avec ses frères Abel et Eugène, sous l'œil d'une mère dévouée et le doigt d'un précepteur ecclésiastique.

J'ai hâte d'arriver à ses premières amours. C'est toujours réjouissant, et, dans la circonstance, ça devait l'être d'autant plus que notre héros n'avait que neuf ans. La famille allait rejoindre en Espagne son chef, le général Hugo, alors gouverneur de province dans cette péninsule dont Napoléon Ier avait fait cadeau à son frère Joseph, comme si c'eût été sa propriété. Quand on fut à Bayonne, il fallut y faire halte pour attendre l'escorte qui devait protéger le voyage. C'est là que Victor Hugo remarqua une jeune fille dont il fut émerveillé au point de passer des heures entières à la contempler.

Il est vrai qu'il était moins âgé qu'elle ; mais vous savez que les enfants ne sont pas embarrassés pour si peu. L'amour qu'ils éprouvent est un sentiment général, indéterminé, un mélange d'étonnement et d'admiration, une compréhension confuse de la beauté, comme un vagissement subit et inconscient du cœur. J'estime qu'il n'est rien de plus suave, de plus divin que l'amour du tout jeune âge : ce n'est pas encore une passion, c'est une impression ; ce n'est pas encore une blessure, c'est une brûlure ; ce n'est pas encore un mensonge, c'est un songe.

Plus tard viendra l'amour fougueux avec les attentes et les désespérances ; plus tard le lac se changera en torrent ; plus tard le mariage, dépouillé de sa lune de miel, comme un miroir de son mercure, ne réfléchira qu'un sentiment déformé, défiguré, alangui par l'ennui ou torturé par la jalousie, qu'importe ? En attendant, elle est curieuse, cette première course d'un jouvenceau dans ce que Mlle Scudéry appelait le pays du Tendre.

Je m'empresse d'ajouter que Victor Hugo ne conserva une telle disposition d'esprit que l'espace — non d'un matin — mais de sa résidence à Bayonne. Certes, il ne pensait plus à cette aventure, lorsque, peu de temps après son arrivée à Madrid, il fut forcé d'entrer au collège des Nobles, dirigé par des moines de je ne sais plus quel ordre.

Il n'y pensait pas davantage quand, lors de la débâcle napoléonienne, la plupart des familles françaises durent quitter l'Espagne autrement qu'elles n'y étaient venues.

Il était encore enfant au moment où la France tombée, à la suite de Napoléon, dans une période de désastres et de calamités, fut vaincue, envahie, terrassée et humiliée par la coalition européenne.

Vous n'ignorez pas comment les triomphes et les conquêtes de vingt années se fondirent à la chaleur de l'incendie de Moscou. Vous vous rappelez bien ces revers réitérés, traversés par de rares éclairs de succès ; cette abdication arrachée à l'empereur « grand comme le monde » ; cette restauration de la royauté des Capets, opérée par la grâce des Cosaques ; puis le retour de l'île d'Elbe, puis la chûte finale de l'homme de Brumaire ; puis la réinstallation du fuyard de Gand ; puis la débauche de massacres à laquelle se livrèrent les légitimistes du Midi, dont quelques-uns même poussèrent jusqu'au calembour l'assassinat du général Mouton-Duvernet.

Victor Hugo ne pouvait que considérer de loin et avec la curiosité infatigable de son âge, toute cette suite de tableaux imprévus et lugubres.

Pourtant ces agitations tragiques, ces catastrophes, ces coups de dés subits du destin, ce déplacement inattendu de la fortune, ce revirement instantané de puissance, semblable à un escamotage, devaient être pour lui autant de spectacles saisissants et propres à hâter le développement de son intelligence et la maturité de son jugement. Il a dit quelque part que « les plus grands poètes du monde sont venus après de grandes calamités publiques » ; parole profonde et que lui-même devait justifier.

Il s'essayait déjà à la poésie. A treize ans, il avait rempli de vers une quinzaine de cahiers, mais il ne tardait pas à en détruire la plupart, ce qui était une grande preuve de bon sens.

A quatorze ans, il donna le jour à une tragédie, *Irtamène*, sur la valeur de laquelle il ne s'illusionna pas longtemps, car, un an après, il en parlait en ces termes :

« A quatorze ans, novice en mon essor,
J'osai porter mes vœux à Melpomène,
Et je croyais lui porter un trésor.
Enfant hissé sur le grand Irtamène,
Sur Phalérie et le farouche Actor,
Je vins camper dans son vaste domaine.

Que je fus sot, quand je vis l'inhumaine,
En entendant mon ouvrage né-mort,
Me dire : Enfant, à quoi bon tant de peine?
Pour ennuyer, chez toi, je me démène;
Fuis loin d'ici, naissant énergumène ! »

La pièce de vers qui fit d'emblée sa réputation fut celle qui obtint une mention de l'Académie française et eût remporté le premier prix si les académiciens n'avaient cru reconnaître un mystificateur dans ce poète qui se disait âgé de quinze ans seulement.

Quoi qu'il en soit, l'adolescent fut mis subitement en évidence, et le quiproquo causé par son extrême jeunesse dut contribuer à attirer sur lui l'attention du public.

Dès lors, le feu sacré l'embrase définitivement, l'art l'entraîne, la muse le caresse, c'est dit : il y a encore de beaux jours pour l'inspiration, et l'année 1822 verra la publication en recueil des *Odes et Ballades*.

Inutile de parler du succès de ce premier volume, de ce volume dont la lecture vous fait immédiatement comprendre ce cri d'admiration de Châteaubriand : « C'est un enfant sublime ! »

Il est vrai que le même Châteaubriand tâchera plus tard de revenir sur ce mot, quand, après l'apparition de *Notre-Dame de Paris*, il affectera de déclarer qu'il ne veut plus retourner dans la vielle cathédrale à cause du roman de Victor Hugo : mais quoi ? personne n'y peut rien, la pensée reste, et est chaque jour ratifiée par l'acclamation publique.

Et comment s'y prendrait-on aujourd'hui pour être d'un avis opposé, en présence de ces œuvres innombrables, incomparables, revêtant toutes les formes, touchant à tous les genres, remuant toutes les idées, tournant à tous les vents de l'esprit, tarissant presque toutes les sources poétiques? Bien au contraire, on ne peut s'empêcher de remarquer combien était encore modeste celui qui, à quatorze ans, inscrivait cette note dans son carnet : « Je veux être Châteaubriand ou rien. »

— Victor Hugo était cependant destiné à lutter longtemps, bien longtemps, avant de parvenir à la gloire sereine dont il jouit en ce moment.

Ainsi, quelles attaques n'a-t-il pas eu à subir, quels déchaînements, quels cris de haine exaspérée et de vengeance grotesque n'a-t-il pas soulevés, pour s'être mis à la tête du mouvement romantique, c'est-à-dire pour avoir volé au secours de la poésie qui, loin de l'Hippocrène et de Phœbus, comme eussent dit les poètes du XVIIIe siècle, languissait, pauvre fleur privée d'eau et de soleil !

C'était sous les Bourbons de la branche aînée.

L'inspiration qui avait été un instant ranimée par les soins d'André Chénier, semblait s'être irrévocablement flétrie au souffle prétendu poétique des Lebrun du premier empire.

Le fameux Pégase ne pouvait plus s'envoler, attaché qu'il était par un licou de périphrases.

L'art théâtral particulièrement était dans l'état le plus pitoyable : la comédie avait profité de la liberté qu'elle a d'aller à pied, pour se rouler dans la poussière, et la tragédie donnait un spectacle encore plus touchant.

Voltaire, jadis, avait mis cette grande dame à une diète rigoureuse, en lui défendant la moitié des mots de la langue française, de crainte d'indigestion littéraire. A ses yeux, Shakespeare était un barbare et Corneille un intempérant qui ne pouvait assez se garder contre la tentation de descendre dans le domaine du comique.

Naturellement les Delille et les Laharpe, ayant moins de bon sens que Voltaire, avaient renchéri sur ce régime et prescrit à la pauvre patiente un jeûne presque absolu.

Ducis s'était assigné pour mission de faire exécuter cette ordonnance, et il s'en était acquitté avec une ponctualité remarquable. Sous prétexte que la tragédie ne doit pas, suivant le précepte d'Horace, se laisser aller à de basses plaisanteries,

« *Effutire leves indigna tragœdia versus,* »

il lui avait interdit le plus léger enjouement, le plus innocent sourire ; il l'avait condamnée au vers sec et guindé; il lui avait imprimé une allure roide et des mouvements automatiques.

Et l'action scénique était devenue, grâce à lui, une sorte de prothèse littéraire consistant à remplacer la vie absente par une intrigue artificielle. Car la vie était vraiment absente de ces pièces où tout se passait en discours; où l'auteur sacrifiait la grande figure d'Hamlet à la routine et préférait étouffer Desdémone sous des tirades que sous un oreiller.

« Il n'y a pas, dit Auguste Vacquerie, d'exemple d'un personnage tragique mouillé par la pluie. Ils ne sont jamais fatigués, jamais ennuyés, jamais malades. Ils n'ont jamais froid, jamais chaud, jamais faim, jamais soif. Ils ne boivent que du poison et ne mangent que leurs enfants. »

Non, la tragédie, au fond, ne vivait pas.

Galvanisée, elle pouvait se remuer, traverser la scène à pas lents et lourds et arriver ainsi à faire illusion; toutefois ce n'était qu'un fantôme. C'était toujours l'imitation, toujours la tradition; jamais rien d'original ni de réel. Serré au cou par ce triple carcan, la loi des unités, il lui arrivait parfois de vouloir crier au secours, de vouloir demander grâce, mais elle se souvenait à temps de sa première règle de conduite, la dignité, que dis-je? l'impassibilité, et elle se laissait torturer, daignant à peine proférer un soupir.

Ce n'était pas, à coup sûr, la belle tragédie antique, la tragédie d'Eschyle et de Sophocle, animée, passionnée, entraînante, naturelle, poignante, pleurant de vrais pleurs, se tordant dans toute la sincérité du désespoir, sans songer que sa tunique pourrait bien se déchirer et la découvrir aux yeux du spectateur.

Ce n'était pas davantage la tragédie héroïque de Corneille, la tragédie emprisonnée dans l'unité de temps et dans l'unité de lieu, mais pas encore résignée, toujours hautaine, continuant à élever la voix et brisant les liens qui l'étreignent trop fortement.

Ce n'était pas même la tragédie de Racine, prudente, discrète, soumise, s'arrangeant le mieux possible dans le cloître bâti par Aristote et, comme la jument de Roland, ayant toutes les qualités, excepté la vie. Non! c'était la trajédie créée à l'image de Campistron, la tragédie chlorotique, fardée, monotone, machinale, sans élan, sans essor, sans verve; en un mot, une poupée parlante.

C'est alors que Victor Hugo montra au théâtre qui se noyait dans le ridicule, le port, c'est-à-dire le Drame, le drame de Shakespeare et de Caldéron, reflétant l'Idéal mais admettant le réel, le drame acceptant l'homme, ce Janus de la création, en entier, avec son tempérament et sa face mobiles, avec ses tristesses et ses bouffonneries, avec ses sanglots et ses éclats de rire, avec ses aspects comiques et ses aspérités tragiques.

— Et le poète avait raison, là était le salut. Oui, le théâtre agonisait sous le médiocre; pour le revivifier, il fallait le débarrasser du réseau de règles factices qui l'enserrait et le rendre à la liberté ; il fallait substituer l'imagination au convenu et la nature à l'imitation; il fallait moins de descriptions et plus d'action, moins d'artifice et plus d'art, moins de fiction et plus de création, moins d'encens et plus de bon sens, moins de fumée et plus de feu.

C'est ce que fit Victor Hugo.

Il se dit que l'homme, ce n'est ni Héraclite ni Démocrite, mais plutôt un composé des deux, la proportion seule changeant suivant l'individu, et que, dès lors, pour être bien connu dans son ensemble, il doit être étudié d'une manière indivisible, vu de dos comme de face, analysé dans ses contradictions, dans ses bizarreries, dans ses naïvetés en même temps que dans ses vertus, dans ses dévouements, dans ses héroïsmes.

Et par quel moyen? Par le drame.

La tragédie et la comédie tiraient l'homme chacune de son côté; grâce au drame, l'homme se multiplie par l'action, mais se simplifie par la vie, et, sous la dualité de son caractère, on sent l'unité de son être.

Aussi la scène n'étalera-t-elle plus seulement les ridicules bourgeois ou les infortunes royales ; elle fera voir encore la corruption des princes, le désintéressement de l'homme du peuple, l'éclair de raison et de bonté qui peut traverser l'esprit et le cœur d'un fou, la grimace et la torture qu'il y a parfois au fond du rire d'une courtisane et la sagesse qu'il y a souvent au fond du cerveau d'un laquais. Elle fera voir *Ruy Blas, Marion Delorme, Lucrèce Borgia, le Roi s'amuse*, etc.

D'ailleurs, la réforme ne s'arrêtera pas là. Elle ne serait guère complète si la langue elle-même n'était pas déliée et affranchie. Car la poësie a deux ailes : la pensée et l'expression; l'une ne va pas sans l'autre; l'obstacle qui gêne celle-ci gêne également celle-là.

La liberté de l'idée devait entraîner la liberté de la phrase.

En effet, Victor Hugo fit à la fois « basculer la balance hémistiche » et tomber la barrière qui existait entre les mots, selon qu'on leur assignait pour domaine exclusif la tragédie ou la comédie. Et le vers alexandrin, au lieu d'être comme un berceau mû à intervalles égaux, eut une allure plus vive et plus décidée : d'où il résulta plus de variété dans l'harmonie, plus de cadence dans le rythme et plus de richesse dans la rime.

— Mesdames et Messieurs, vous ne serez pas

étonnés si je vous annonce que cette délivrance de l'art ne fut pas du goût de tout le monde.

D'abord, les littérateurs qui avaient plus d'envie que de talent, ceux qui vivaient d'imitation sur les vers des auteurs morts, craignirent d'être reconnus sous la peau de poète dont ils s'étaient revêtus et poussèrent des clameurs furibondes.

Ensuite, les bourgeois qui, étant habitués à coucher dans le lit de la routine, n'entendaient nullement être dérangés, ne comprirent rien à ce drame dont la prétention allait jusqu'à vouloir les tirer de la somnolence où les tenaient plongés les tragédies classiques.

Aussi quel *tolle* presque général, quels coups de sifflet interminables et quelle hilarité prolongée, à l'apparition d'*Hernani* au Théâtre-Français ! Écoutez ce compte-rendu de Madame Hugo : « Les loges ricanaient, les stalles sifflaient, il fut de mode dans les salons d'aller « rire à *Hernani* ». Chacun protestait à sa façon et selon son caractère. Les uns ne pouvant regarder une pareille pièce, tournaient le dos à la scène ; d'autres ne pouvant l'entendre disaient : je n'y tiens plus ! et sortaient au milieu d'un acte en jetant la porte de leur loge avec violence ; les natures paisibles se contentaient de constater le manque d'intérêt de ce « drame » en étalant et en lisant leur journal. Mais les vrais partisans du bon goût ne lisaient pas, ne s'en allaient pas, ne tournaient pas le dos, ils avaient les yeux et les oreilles sur la pièce, visant chaque mot, huant, sifflant, empêchant d'entendre, déconcertant les acteurs ».

Vous conviendrez qu'il est très heureux pour *Hernani* qu'il ne soit pas de ces pièces qui se brûlent facilement au feu de la rampe. Autrement, son affaire eût été faite depuis cinquante ans.

Dès le commencement, on lui a fait la vie dure; il a donc tout subi avec résignation, se moquant des tempêtes passagères et de l'ignorance du moment.

A présent, il n'endure plus de huées, il se contente de durer.

Et à qui vraiment pourraient venir aujourd'hui l'idée de siffler ce drame où passe tour-à-tour tant de fierté, tant de dévouement, tant de clémence, tant d'amour, tant de bonheur, tant de malheur? Et comme il a raison, cet écrivain qui dit : « Les siffleurs n'ont pas besoin d'avoir une idée dans la cervelle ; il suffit qu'ils aient une clef dans la poche ».

Que voulez-vous? En 1830, le romantisme était l'ennemi. Les vieux classiques, pleins de fureur et de rhumatismes, lui barraient le passage, ne désarmant pas une minute, restant sur la brèche à chaque représentation d'un drame de Victor Hugo, recommençant les mêmes ricanements, étalant la même ineptie.

Parfois, les directeurs de théâtre se mettaient aussi de la partie et tournaient contre l'auteur leur mauvais vouloir et leurs épigrammes.

Quelques-uns essayaient d'une autre tactique et tâchaient d'opposer Alexandre Dumas à Victor Hugo, mais le premier ne daigna jamais prêter la main à une pareille manœuvre et l'auteur d'*Angèle* continua d'être l'ami de l'auteur d'*Angelo*.

Soit dit en passant, le théâtre de ces deux hommes de génie a une portée bien différente : celui de Dumas, se proposant surtout « d'amuser et d'intéresser », est d'une touche plus légère et d'une allure plus leste, tandis que celui d'Hugo, visant plutôt à instruire et à moraliser est d'un dessin plus élevé et d'une envergure plus large.

L'opposition des adeptes du passé persista longtemps, et, même en 1851, nous voyons un génie assurément incompris, M. Bourbousson, interrompre un discours de Victor Hugo par cette sortie incommensurable : « Nous n'en voulons pas entendre davantage. La mauvaise littérature fait la mauvaise politique. Nous protestons au nom de la langue française et de la tribune française. »

Cette opinion fut exprimée de nouveau à l'Assemblée nationale de France, dans une après-midi du mois de mars 1871, par M. de Lorgeril, un vicomte versificateur, qui s'écria :

« L'Assemblée nationale refuse d'entendre M. Victor Hugo, parce qu'il ne parle pas français. »

On n'aurait qu'à rire de pareils extravagants, si leur mauvaise foi n'avait souvent pour effet d'ébranler l'auteur le moins timide.

Ainsi, le parti-pris et la violence des classiques furent poussés à un degré tel que, en 1843, si je ne me trompe, Victor Hugo dans un moment d'indignation, jura de ne laisser représenter aucune pièce nouvelle de lui. Ce serment, il ne l'a que trop tenu pour notre malheur, de sorte qu'il a en portefeuille une douzaine de drames qui ne verront le jour seulement que quand lui, il ne le verra plus.

Réfléchissez, en conséquence, à la situation du public, placé entre l'attente de pièces précieuses et la considération d'une vie non moins précieuse.

— Cependant, à côté des attaques incessantes, le grand novateur comptait des amitiés infatigables; à côté des tempêtes du dehors, il avait la sérénité de l'intérieur, c'est-à-dire le bonheur du ménage.

J'ai dit : « Le bonheur du ménage », c'est que j'allais oublier, en vérité, de vous faire part de son mariage. Il avait épousé à vingt ans, Mlle Adèle Foucher, la fille d'un camarade de l'officier Hugo. Les deux conjoints avaient ceci de particulier qu'ils avaient été promis l'un à l'autre avant leur naissance.

En effet le major Hugo avait, le jour de la noce de Pierre Foucher, tenu ce propos à son ami : « Ayez une fille, j'aurai un garçon, et nous les marierons ensemble. Je bois à la santé de leur ménage. »

Et c'est ainsi que M. Victor et Mlle Adèle unirent leurs existences, ne voulant pas plus faire mentir leurs parents que leurs cœurs.

Nous pouvons affirmer que Victor Hugo a eu en ce point une rare chance, une chance peut-être unique. Si vous entriez dans la vie intime des penseurs, vous verriez de quelles agitations, de quelles inquiétudes, de quelles angoisses, de quels tiraillements elle est faite, en général. L'idée fait peser sur eux la plus constante et la plus complète des tyrannies. Pas d'épouse qui soit plus jalouse qu'elle, pas de Xantippe plus acariâtre. Elle est comme la loi : elle n'admet pas la polygamie ; or, il lui semble que l'on commettrait ce crime, si on se partageait entre elle et un être adorable vers qui on est instinctivement attiré. Pour elle, toute femme dont on pourrait conserver l'impression est une rivale : elle n'en tolère pas.

Aussi quelle lutte perpétuelle entre l'homme et l'Idée, entre Jacob et l'ange! Si le poète frémissant de désir et de volupté, se tient en adoration devant une déesse de la terre, vite, il se sent tirer et il s'entend crier comme au Juif errant : Marche, marche ! Et le voilà forcé de s'éloigner de l'apparition féminine, plein de regrets et se retournant parfois pour envoyer des baisers d'adieu et des vers de souvenir.

C'est à cause de cette surveillance continuelle de l'idée, — dont l'effet est de détruire et conséquemment de multiplier les passions commençantes, — qu'il est rare de trouver des poètes n'ayant célébré qu'une seule femme. La femme est pour les poètes ce qu'est la branche pour l'oiseau, ils ne s'y fixent pas, ils s'y posent pour chanter, et, s'ils aiment, leur amour n'est pas un, il est universel.

A l'inverse, il y en a qui ne louent pas du tout, — qui critiquent. Chez eux, l'esprit et le cœur sont comme deux pôles opposés : l'étincelle de l'un neutralise la flamme de l'autre. Et l'amour leur semble un manuscrit de jeunesse qu'il convient de jeter au feu, le plus tôt possible.

En quoi ceux-ci diffèrent-ils des premiers? Par l'expression seulement. Il y a une cause commune aux deux catégories, c'est la prédominance de l'Idée. Voltaire termine Théocrite ; Musset donne la main à Hésiode, et Bion qui s'écrie : « Heureux ceux qui aiment, quand ils sont aimés en retour, » est complété par Villon qui réplique : « Folles amours font les gens bestes. »

Eh bien ! Victor Hugo eut un sort différent : il se maria et ne s'en trouva pas mal. Que de fois dut-il chercher dans les cris joyeux de ses enfants une diversion aux criailleries absurdes de ses ennemis ! Aussi comme son œuvre est illuminée de sourires de femme et traversée par de petites figures roses et joufflues ! Comme, au contact de son bonheur intérieur, né du calme conjugal, son inspiration s'attendrit, s'emplit de bonté et de gaieté, s'empreint de teintes plus douces et compose de ravissants tableaux qui rappellent l'Idéal et sont pourtant la réalité !

Mais aussi, quand la mort atteindra successivement tous ces êtres qu'il a aimés, adorés, créés de son esprit comme de son sang, formés, en un mot, de ses œuvres de toute sorte, quels accents de tristesse ! quels soupirs de deuil ! quels sanglots de désespoir ! Alors le rêve s'achèvera en cauchemar, l'allégresse en souffrance, et l'homme ayant connu toutes les joies et toutes les douleurs, le poète les fera, à son tour, connaître au public, et sa poésie sera entière et diverse comme sa vie.

C'est en quoi il diffère de Lamartine : Hugo est plus vrai, Lamartine est plus recueilli ; le premier contemple et sourit, le second médite et s'assombrit ; l'un est plus sensible, l'autre est plus sentimental ; l'un croit, l'autre prie.

La dissemblance est peut-être plus frappante entre Victor Hugo et Alfred de Musset. Le premier est plus pensif, le second est plus expansif; l'un se déride et c'est sincère, l'autre éclate et c'est nerveux; celui-ci a plus d'esprit et sa poésie est superficielle, celui-là a plus de cœur et sa poésie est pénétrante. Quand Hugo est frappé, il pleure; quand Musset est affecté, il larmoie.

En résumé, Lamartine, c'est le poète des mystiques;

Musset, c'est le poète des sceptiques et des... femmes;

Hugo, c'est le poète de tout le monde.

C'est pourquoi nous voyons ce grand Maître faire résonner toutes les cordes de la Lyre, tour à tour tendre et énergique, triste et charmant, enjoué et terrible, railleur et dévoué, sévère et gracieux.

Oui, gracieux, je le répète et ne m'en dédis pas, malgré l'affirmation contraire de certaines personnes.

Vous connaissez tous cette pièce des *Contemplations*, où le poète décrit avec une perfection infinie et une merveilleuse délicatesse de plume le manège d'une jeune fille dont le cœur vibre fiévreusement sous le souffle troublant de Vénus.

Rose, c'est la tentation en os et surtout en chair. L'amour la rend coquette et lui inspire je ne sais quelles ineffables ressources de raffinements. Une force mystérieuse et dont elle-même n'a pas la nette perception l'attire irrésistiblement vers les endroits bien touffus, bien à l'abri des regards des humains et des rayons du soleil.

En un mot, c'est une fée et c'est un feu.

Néanmoins, cet art de minauderies, ce déploiements de séductions, cette habileté d'agaceries, ce silence des grands arbres, cette éloquence de la solitude, cette discrétion de la lumière, cette puissance de persuasion inhérente aux murmures des ruisseaux et à l'épaisseur des gazons, tout est inutile, tout est en pure perte, car l'adolescent aimé ne voit rien, n'entend rien, ne comprend rien, étant d'une naïveté que l'on trouve seulement chez les garçons.

Savez-vous quand il devinera la beauté, la grâce, le vœu secret de Rose? Quand ils seront sortis de la forêt et que l'occasion, ce Protée, se sera dérobée sans retour. Alors il soupirera :

« Je ne vis qu'elle était belle
Qu'en sortant des grands bois sourds.
« Soit; n'y pensons plus! » dit-elle.
Depuis, j'y pense toujours. »

Y a-t-il rien de plus exquis, de plus ravissant, de mieux rendu chez aucun autre poète?

Et ce n'est pas la seule pièce que je pourrais vous citer ; feuilletez les *Orientales*, les *Feuilles d'Automne*, les *Champs du Crépuscule;* feuilletez surtout les *Chansons des Rues et des bois* et le *Groupe des Idylles* dans la *Légende des siècles*, et vous en rencontrerez presque à chaque page d'aussi aimables, d'aussi délicieuses. Et vous n'y remarquerez pas ce fameux style : « heurté, saccadé, rocailleux », que certains critiques ne manquent jamais d'attribuer à Victor Hugo.

J'avoue bien humblement mon défaut de sagacité, car je n'ai pu jusqu'ici comprendre un pareil reproche. A moins qu'on ne veuille parler de ces vers satiriques ou politiques, vers vigoureux comme les pensées qu'ils expriment, et différant des vers purement lyriques, comme le bruit du canon diffère de l'écho d'une vallée.

Dans ce cas, je connais beaucoup de personnes qui, de même que Montaigne aimait Paris jusque dans ses verrues, seraient, à leur tour, assez disposées à aimer Hugo jusque dans ses vers rudes.

— La prose de Victor Hugo n'est pas moins belle que ses vers. Qu'il raconte dans ses romans la lutte de Claude Frollo avec la fatalité, ou la lutte de Jean Valjean avec son passé, ou la lutte de Gilliat avec la pieuvre, ou la lutte de Quasimodo, pris entre son dévouement et son amour, ou la lutte de Cimourdain serré entre son devoir et son affection, il est toujours attachant, toujours émouvant, toujours magnifique, toujours sublime.

Qu'il décrive la joyeuse insouciance de la Esméralda ou la tendresse ingénue de Cosette, quelle peinture vive, attrayante, radieuse ! Quelle fraîcheur de tons ! Quelle richesse de coloris ! Quelle puissance de vie ! Quelle sérénité !

Qu'il ait à montrer l'angoisse suprême de Michelle Fléchard devant l'incendie où ses enfants risquent de périr, alors la page sera une des plus admirables qui aient jamais été écrites, car l'artiste n'aura eu qu'à se souvenir de la sollicitude maternelle.

Que dans ses discours il plaide pour la lumière et contre l'ignorance, pour le Droit et contre la loi, pour l'esprit humain et contre l'esprit jésuite, pour la liberté et contre l'arbitraire, pour l'égalité et contre les abus, pour la fraternité et contre la guerre, pour la solidarité et contre la misère, sa pensée qui bouillonne, lance des paroles ardentes, passionnées, patriotiques, et son langage s'élève, resplendit et prend je ne sais quel accent inspiré, semblable à l'écho de l'Idéal.

C'est que, dans Victor Hugo, l'écrivain et le philosophe se tiennent, le penseur et le citoyen s'accordent ; et de cette union auguste et virile naît l'amour de la liberté, en art comme en politique, car la liberté, dans l'art, engendre le Beau et, dans la politique, engendre le Juste.

Ses premiers chants, à la vérité, seront pour

la Vendée, mais il ne tardera pas à être ébloui par la fulgurante beauté de la Révolution, et ses chants de l'âge mûr comme de la vieillesse seront pour les Droits de l'homme.

Y a-t-il contradiction entre les deux phases de sa vie, entre l'enfant royaliste et l'homme démocrate? Non, il n'y a qu'évolution. Évolution progressive, féconde, sublime et, par dessus tout, inévitable.

Pour le penseur, en effet, l'âge est pareil à un mont : à mesure qu'il le gravit, l'horizon s'élargit, la pensée se déroule, l'esprit embrasse de nouvelles conceptions, la raison, ayant pour compagne la bonne foi, se rapproche de plus en plus de ce soleil, la justice. Alors les idées se transforment, se transfigurent; celles qui paraissaient bonnes se flétrissent, semblables aux fleurs qui s'ouvrent la nuit et se referment le jour; celles qui paraissaient claires s'obscurcissent, et celles qui paraissaient opaques rayonnent sous l'éclat de la vérité. Et l'homme, modifié, renouvelé, né en quelque sorte à la lumière, regardant de plus haut, et jugeant mieux, finit par entrevoir au-dessus d'un parti la Patrie, au-dessus de la royauté la Liberté.

Et, à partir de ce moment, rien ne l'arrête, ni l'enseignement d'un prêtre, ni l'éducation première, ni les préjugés d'enfance, ni le débordement des passions, ni l'amas des insultes, ni la persistance des huées, ni la perspective de la défaite, ni la réalité des souffrances, ni l'exil.

Il devient le vengeur du serment violé et le défenseur de la patrie envahie : il ne faillira pas à sa mission : également sévère pour le despotisme et pour la barbarie, il marquera de son vers rouge l'homme de Décembre et l'homme de Germanie, celui qui enlève à la France la liberté et celui qui lui enlève deux provinces.

Oui, tandis que l'intérêt continuera à être la mesure des opinions de la plupart, lui, il restera droit, ferme, respirant l'indignation, inspirant le respect, debout tantôt sur le rocher de Guernesey, tantôt sur les remparts de Paris, admirant la tempête des éléments ou bravant celle des évènements, prêchant contre Louis-Napoléon la lutte politique sans merci ou contre Frédéric Guillaume la guerre nationale à outrance : de là les *Châtiments*; de là l'*Année terrible,* livres brûlants d'un juste courroux et où s'allient le sarcasme austère de Juvénal et la profonde amertume du Dante.

— Ce poète fougueux, mordant, hautain, frémissant de colère, plein d'âpres revendications, eh bien ! c'est le même homme qui compâtit à toutes les misères; qui protége toutes les faiblesses; qui demande grâce pour les bourreaux comme pour les victimes, pour Maximilien comme pour John Brown; qui réclame la pitié pour les déchus, l'indulgence pour les vaincus et le travail pour les malheureux.

Certes ce n'est pas lui qui dira, comme Créon dans l'*Œdipe-roi* de Sophocle: « Il plaît à Appollon que le meurtre soit vengé par le meurtre. » Non! il s'écriera : « Plus de supplices! le crime se rachète par le remords et non par un coup de hache ou un nœud coulant; le sang se lave avec les larmes et non avec le sang. »

Son mot d'ordre en 1830, comme en 1849, comme en 1871, comme en 1881, c'est : Clémence! C'est : Apaisement! C'est : Conciliation et réconciliation!

Son but constant et suprême, c'est la paix, la paix universelle.

But noble, grandiose, vers lequel nous devons tendre nos esprits, nos efforts, notre patriotisme, nous tous qui savons ce que coûte la guerre et ce que vaut la concorde, nous tous qui avons mesuré la quantité de désastres et de ruines que recèlent les dissensions intestines et jugé, par là, de la somme de bienfaits qu'apporte l'union fécondée par le travail, c'est-à-dire l'association.

Oui, cet enseignement donné par le génie est le meilleur, le plus utile, le plus nécessaire, le plus sacré. Il signifie : Fraternité! et comporte tous les oublis, tous les pardons, toutes les concessions mutuelles, tous les dévouements, toutes les abnégations, enfin toute la religion désormais durable de l'humanité, car il a pour prémisse la fédération des cœurs et pour conclusion, la grandeur de la Patrie!

Mesdames et Messieurs, j'ai essayé, dans la mesure de mes forces et du temps dont je pouvais disposer, de vous montrer la figure éblouissante du poète le plus prodigieux du monde. Si le tableau est pâle, si le dessin est sans relief, n'accusez que le portraitiste : *Me, me, adsum qui feci !* Accusez-moi, mais veuillez aussi m'excuser, parce que c'est ici le cas de dire que vouloir n'est pas pouvoir.

C'est qu'il est plus difficile de peindre une montagne qu'un rocher, une forêt qu'un arbre, un titan qu'un faune, une foule qu'un homme et qui sait ? peut-être bien un homme qu'une emme.

Il fut un temps où le nom de Victor Hugo avait pour vertu de soulever à la fois les fureurs les plus inouïes et les enthousiasmes les plus expansifs. Il fut un temps où son œuvre était le champ de bataille sur lequel en venaient aux mains avec un acharnement inexprimable, d'une part, les talons rouges de la littérature traditionnelle, les défenseurs du « bon goût » selon l'évangile de Racine et de Voltaire, les chauves du cerveau comme du crâne, les ankylosés, les endurcis, les vétérans de la routine, et, d'autre part, les jeunes, les indépendants, les irréguliers, les volontaires du romantisme, d'une seconde Renaissance.

C'était l'époque où Ernest de Saxe-Cobourg, atteint par le choléra, sollicitait la faveur de revoir le grand poète, avant de mourir ; mais c'était aussi l'époque ou l'Académie française lui préférait M. Cabaret-Dupaty et autres Molé, ne pensant pas avec raison qu'il dût siéger parmi tant d'immortels mort-nés.

C'était l'époque où toute une pléïade d'esprits lumineux, les Gautier, les Gérard de Nerval, les Borel, les Gatayès accompagnaient de leurs vœux et de leurs vers le Daniel qui était descendu sans crainte dans la fosse aux lions classique ; mais c'était aussi l'époque où l'Université jugeait à propos de donner comme prix aux fils de Victor Hugo des livres contenant de violentes diatribes contre le patient novateur.

Et pourquoi ces querelles, ces duels, ces luttes, cette obstination des fantômes, cette résistance du passé, cette rage des écrivains éden tés ?

Parce que, je le répète, Victor Hugo, voyant la poésie vieillie, ridée, cassée, toujours couverte des mêmes oripeaux antiques et solennels, en prenait pitié et tentait de la rajeunir et de changer sa face en lui communiquant « un peu de l'air familier de la prose » !

Parce que, reconnaissant que la tragédie n'était plus qu'une momie mal conservée et en proie aux vers des poètes du premier empire, il voulait la rejeter dans la fosse de Ducis et, en place d'un cadavre, montrer la vie au théâtre!

Aujourd'hui que voyons-nous? Toutes les haines apaisées, tous les ressentiments éteints, tous les réfractaires rentrés au giron, suivant le mot d'un ancien réfractaire, M. Émile Augier.

Aujourd'hui, cette admiration dont plusieurs étaient avares, on ne la marchande plus au poète toujours jeune, au vieillard toujours vigoureux.

Aujourd'hui, sa gloire, « ce lit doré », n'a plus de punaises.

Aujourd'hui, c'est *Hermani* frénétiquement applaudi dans la salle même où, cinquante ans auparavant, il avait été reçu avec tant de colère par les *Philistins*.

Aujourd'hui, c'est l'acclamation sans fin, c'est la pluie de bouquets et d'hommages, c'est l'unanimité d'enthousiasme, c'est l'apothéose!

Comment vous décrire l'incomparable manifestation à laquelle les villes de France ont pris part, le 27 février de cette année, à l'occasion du 80e anniversaire de la naissance de Victor Hugo?

Comment vous faire voir cette unanimité des classes les plus diverses du peuple, tous oubliant leurs querelles, tous ayant pour trait d'union, pour point de ralliement, le nom de celui qui n'a jamais cessé de conseiller la fin des haines et le règne de l'humanité, tous venant saluer le proscrit d'hier, applaudir le triomphant d'aujourd'hui, acclamer le poète de toujours ?

Comment surtout mettre en lumière, pendant l'admirable défilé, l'aïeul, debout et tête nue à sa fenêtre, et ayant à ses côtés ses deux petits-enfants, Georges et Jeanne ; l'aïeul encore robuste, et, suivant l'expression de Coppée,

> « ..................................... tel
> Qu'il sera centenaire avant d'être immortel » ;

les enfants brillants de santé et de fraîcheur et pétillants d'intelligence ; lui, ému et remerciant ; eux, vaguement étonnés et souriants ; lui songeant aux combats soutenus pour le Droit, au devoir accompli et satisfait ; eux, devinant le bonheur de leur grand-père et joyeux ?

Dès ce jour, il était aisé de distinguer, derrière le groupe formé par le vieillard illustre et les petits-enfants rayonnants, la silhouette sereine et majestueuse d'une statue qui s'élevait.

C'est la statue qui va bientôt apparaître aux yeux de Paris et de l'univers. C'est à l'érection de cette statue que nous devons contribuer. Nous avons à payer, par un témoignage décisif de reconnaissance et d'admiration, la somme des sympathies que Victor Hugo a tant prodiguées soit à notre pays, soit à notre race.

Nous n'oublierons pas que c'est lui qui a été le défenseur et le glorificateur de John Brown; que c'est lui qui a été l'organe opiniâtre de la civilisation contre l'esclavage, de Cuba contre l'Espagne, et que c'est lui qui, en 1860, s'exprimait en ces termes dans une lettre adressée à un journaliste haïtien, M. Heurtelou : « Il n'y a sur la terre ni blancs ni noirs, il y a des esprits.... J'aime votre pays, votre race, votre liberté, votre république. Votre île magnifique et douce plaît, à cette heure, aux âmes libres..... Haïti est maintenant une lumière. »

Mesdames, on vous contera sans doute, — comme dans un sermon fait ce matin à une église de cette ville où tout transpire, prêtres et prêches, — que Victor Hugo, est « le chef des francs-maçons », mais vous répondrez avec Balzac : « Hugo est un grand homme. »

Et cela suffit, car l'hommage de nous tous, j'y insiste, est dû à un tel écrivain. Il est dû en retour de l'enthousiasme inexprimable que son style sans égal a si souvent allumé et entretenu en nous; il est dû en retour des sentiments élevés que nous n'avons pas manqué d'acquérir à la lecture et comme au contact de ses livres.

Aussi est-ce avec raison, qu'on n'a pas voulu remettre au lendemain de sa mort la consécration définitive de son nom. Lui qui, en 1850, s'écriait, aux funérailles de l'auteur de la *Comédie humaine :* « Les grands hommes font leur propre piédestal ; l'avenir se charge de la statue. » il aura vu le présent déroger à cette coutume, pour dresser au génie extraordinaire la statue exceptionnelle.

Mais, il faut le proclamer en finissant, quel que soit le marbre dont sera faite la statue, quel que soit le temps pendant lequel elle est destinée à durer, il y a un monument qui restera encore davantage, un monument que ne pourront altérer ni les souillures des envieux, ni l'effort frénétique des obscurantistes, ni les ricanements des « hommes positifs », ni la morsure des siècles, ni les profondes agitations des ssciétés, ni les transformations inévitables et périodiques du monde ; un monument indestructible, éternel :

C'est l'œuvre de Victor Hugo!

Oui, son œuvre, voilà son vrai panthéon.



Paris, imp. F. Pichon.—A. Cotillon & Cie, 30, rue de l'Arbalète, & 24, rue Soufflot.

www.ingramcontent.com/pod-product-compliance
Ingram Content Group UK Ltd.
Pitfield, Milton Keynes, MK11 3LW, UK
UKHW012246240726
13966UKWH00004B/1330

9 782011 756336